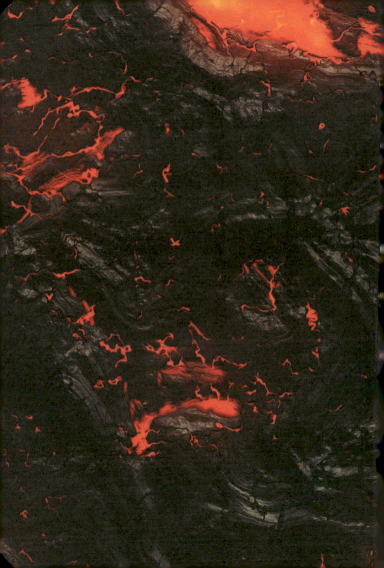

EMILIO GAROFALO
VULCÃO PURA LAVA

THOMAS NELSON
BRASIL

Pilgrim

APRESENTAÇÃO DA COLEÇÃO

Este é um livro de meu projeto "Um ano de histórias". Há anos tenho encorajado cristãos a lerem e a produzirem histórias de ficção. O prazer de ler e escrever ficção é algo que está em meu peito desde a infância. Falo muito sobre o assunto num artigo disponível online chamado "Ler ficção é bom para pastor".[1] Nele, conto um pouco de minha história como leitor, bem como argumento acerca da importância de cristãos consumirem boa ficção.

É claro, para que haja boa ficção, alguém tem de escrevê-la. Tenho desafiado várias

---

[1] *Disponível em: http://monergismo.com/novo/livros/ler-ficcao-e-bom-para-pastor/*

pessoas a tentar a mão na escrita e, para minha alegria, alguns têm aceitado e produzido material de ótima qualidade. E aqui estou também, dando o texto e a cara a tapa. Este projeto é minha tentativa de contribuir com boas histórias. O desafio seria trazer ao público um ano inteirinho de histórias, lançando ao menos uma por mês ao longo do ano de 2021. No final das contas, são 14 livros. Há, é claro, muitas outras histórias ainda por desenvolver, sementes por regar.

As histórias do projeto podem ser lidas em qualquer ordem. Vale notar, entretanto, que embora não haja uma sequência necessária de leituras, elas se passam no mesmo universo literário. Não será incomum encontrar referências e mesmo personagens de um livro em outro. De qualquer forma, deixo aqui minha sugestão de leitura para você, caro leitor, que está prestes a se aventurar nesse um ano de histórias:

> Então se verão
> O peso das coisas
> Enquanto houver batalhas
> Lá onde o coração faz a curva
> A hora de parar de chorar
> Soblenatuxisto
> Voando para Leste
> Vulcão pura lava
> O que se passou na montanha
> Esfirras de outro mundo
> Aquilo que paira no ar
> Frankencity
> Sem nem se despedir e outras histórias
> Pode ser que eu morra hoje

Tentei ainda me aventurar por diversos gêneros literários. De romances de formação à literatura epistolar, passando por histórias de amor, *soft sci-fi*, fantasia e até reportagens. Ainda há muitos gêneros a serem explorados. Quem sabe em outro projeto. Se as histórias ficaram boas, só o leitor poderá dizer. De qualquer forma, agradeço imensamente pela sua disposição em lê-las.

VULCÃO
PURA LAVA

Quando adolescente, aprendendo inglês, me inscrevi, através de minha escola, num programa de *penpals* (amigos de caneta). Naquela época não havia e-mail. O programa basicamente consistia em a instituição enviar meu nome e endereço para algumas pessoas do mundo interessadas em conversar em inglês. E conversar sobre qualquer coisa. Lembro de trocar cartas, por exemplo, com um amigo das Ilhas Solomon, na Oceania. Sei que tive amigos de caneta em uns cinco ou seis lugares do mundo. Era divertido naquele tempo não digital escrever cartas e contar da vida no Brasil, assim como recebê-las e aprender sobre o mundo. Fico imaginando por onde andam aquelas pessoas. Resolvi criar uma conversa assim.

A literatura epistolar é uma bela tradição. Ficção contada através de cartas e outros tipos de comunicação. Aqui me aventuro por esse rumo. Espero que apreciem. A carta é uma das mais belas formas de escrita; algo planejado para ser consumido por um único leitor. Talvez seja a máxima expressão de amor literário: escrever algo para apenas uma pessoa ler. É claro, a epístola ficcional tem por alvo um público que, espero, seja bem mais do que apenas um leitor.

Aqui vocês terão acesso à considerável correspondência entre Gaetano Garofalo e James Kahananui. Na verdade, apenas uma parcela das muitas mensagens trocadas entre esses dois amigos. Melhor deixar que eles falem por si. Uma amizade entre um italiano e um havaiano que atravessa as décadas, as lutas da adolescência, bem como as da vida adulta. Como James e Gaetano vão viver neste mundo tão estranho? Como a amizade poderia nos ajudar? Nesta obra de ficção contada através da correspondência entre os dois, temos vislumbres do que corre por debaixo da terra.

Vale dizer que o título veio de uma inspiradíssima sugestão de meu amigo Cleber Filomeno. Amei tanto, que quis criar uma história em torno do título. Espero que te agrade, Clebim. Obrigado!

Arrivederci!

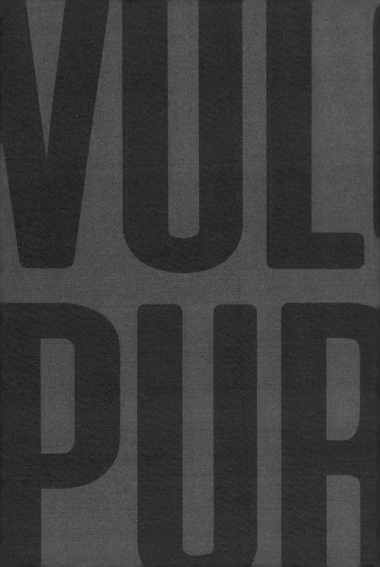

CAO
ALA

NÁPOLES, 15 DE OUTUBRO DE 1987

Ciao! Bom dia, amigo James.

Meu nome é Gaetano e tenho 9 anos. Moro em Caserta, pertinho de Nápoles, a cidade mais bonita do mundo (Nápoles, não Caserta. Se bem que Positano aqui perto é uma cidade muito bonita também). Meu *nonno* me disse que a Costa Amalfitana é mais bonita até mesmo do que o seu Havaí. Ele está me ajudando a escrever a carta. Eu gosto muito de morar aqui. No mês passado, todos nós levamos um susto muito grande. O vulcão Vesúvio estourou. Foi muito assustador. Meu avô disse que nem foi um estouro muito grande, não. Disse que quando ele era criança foi bem pior. Mas eu achei grande. Eu nem moro muito perto do Vesúvio, mas mesmo assim precisamos sair da cidade por uns dias, pois havia muita fumaça.

Levamos o Farfale, nosso cachorro; ele estava com muito medo. Você tinha de ver como ficou do lado do vulcão, era pura lava.

Mas ficou tudo bem.

Eu estou te escrevendo porque te vi na televisão. Vi que, no mesmo dia que o Vesúvio estourou aqui, aí onde você mora, no Havaí, também estourou um vulcão, esqueci o nome dele. E eu vi você e sua família na televisão mostrando a vila de vocês destruída pelo fogo. Fiquei com muita pena. Por que será que Deus não cuidou da casa de vocês que nem cuidou da minha?

Quis te escrever para desejar tudo de bom. Meu avô conseguiu seu endereço não sei como e aqui vai essa carta.

Piacere! Ciao,
Gaetano Garofalo

P.S.: Seu cachorro se machucou? Ou você conseguiu salvar?

HILO, 21 DE JANEIRO DE 1988

Caro Gaetano,
　Aloha!
　Que surpresa receber essa carta. Eu coleciono selos, e nunca tive um da Itália. Achei lindo. Muito obrigado. Achei muito legal receber uma carta de tão longe no mundo.
　Minha mãe me mostrou a Itália no globo que temos aqui em casa; achei muito bonito o mapa do país. Ela disse que parece uma bota, e parece mesmo. Consegui achar Nápoles. Nunca tinha ouvido falar daí. Apenas de Roma, mas eu achava que Roma não existia mais. Pelo jeito, existe! Será que sua região é mais bonita que a minha? Não sei, não, viu? A sua tem muita mata, muita montanha e muito mar?
　Eu não tenho cachorro, mas temos um gato, o Spam. Ele é muito esperto; eu acho

que ele já tinha percebido que tinha algo estranho naquele dia. Passou o dia todinho escondido embaixo da cama e, quando o Kilauea ficou superativo, o Spam ficou olhando pra gente com aquela cara de quem tinha avisado.

No começo todo mundo falou que não ia ter problema nenhum, que era normal. Sei lá se é normal. Sei que chegou uma hora que os bombeiros mandaram todo mundo sair da cidade. Eu e meus irmãos ficamos muito preocupados, mas minha mãe insistiu que estava tudo bem. Mas foi que nem você falou, pura lava. Tudo detonado. A parte da cidade onde a gente morava sumiu e ficou debaixo de lava. Agora está já mais calmo, tudo endurecido. Mas perdemos tudo. Minha mãe disse que somos lutadores e que vamos recuperar tudo. Eu acredito.

Me fala mais de você. Eu tenho 11 anos. Meu amigo Anuenue me disse que vocês na Itália gostam muito de futebol. Aqui a gente também gosta, mas, se entendi certo, o futebol de vocês é com o pé, e o nosso é com a mão. Será que o de vocês é com o pé porque o país parece uma bota? Eu gosto de beisebol também. E de filmes. Você já assistiu *Robocop*? É meu favorito. Minha mãe não queria deixar eu assistir, ela disse que era muito violento. Mas meu tio tanto falou, que ela deixou. Estou tentando fazer ela me deixar ver *Predador*. Todos os meus colegas já viram e falam que é melhor do que *Robocop*. Eu duvido, mas quero ver assim mesmo.

Eu fiquei pensando no que você falou sobre sua casa não ter queimado e a minha ter queimado. Eu não sei por que Deus fez assim. Mas fiquei feliz que a sua não queimou.

Como você aprendeu inglês?

Espero que escreva mais vezes. Gostei de receber uma carta.

Saudações,

James Kahananui

P.S.: Obrigado por escrever em inglês. Eu não falo italiano e não conheço ninguém que poderia ajudar a traduzir para mim. Procurei como dizer uma coisa em italiano para você. Uma vizinha me ajudou. Lá vai:

Chi trova un amico, trova un tesoro.

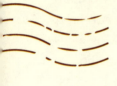

NÁPOLES, 13 DE MARÇO DE 1988

Ciao, James!

Que alegria receber sua carta! Agora tenho um amigo americano! Sim! Quem acha um amigo acha um tesouro. O *nonno* me disse que tinha certeza de que eu não ia ter resposta. Ele disse que os americanos são muito metidos, mas não acreditei. É ele que traduz minhas cartas para o inglês. Ele aprendeu na guerra, mas não me conta direito como foi isso. Eu só sei algumas palavras que aprendo nos filmes. Eu tinha certeza de que você ia escrever. Deu para ver na na televisão que você é legal.

É claro que vi *Robocop*! Todos os *bambini* da sala viram. Estava passando num cinema em Nápoles e fomos todos juntos. Eu achei massa aquela parte em que o ED-209 atira naquele cara e não sobra nada.

Foi que nem o vulcão detonando tudo. Pura lava.

Você podia vir me visitar aqui na Itália! Nossa casa tem muitos quartos, podemos hospedar sua família. Tenho certeza. Mas não sei se vocês gostam de massa. Gostam? A gente gosta demais. Mas fica tranquilo que tem outras coisas também.

Eu não sei se a gente gosta de futebol porque o país parece uma bota, mas a gente gosta muito mesmo. Eu sou torcedor do Napoli e nosso time é o melhor do mundo. Tem o Maradona, tem o Careca e muitos outros jogadores excelentes. Meu avô diz que vou ganhar uma camisa do Napoli de Natal, mas estou em dúvida sobre qual número pegar. Você prefere o Maradona ou o Careca?

E o vulcão? Acalmou? O meu Vesúvio está mansinho. Mas eu fico de olho. Achei legal que você ficou feliz que Deus não destruiu a minha casa, mas eu ainda acho que ele não devia ter deixado seu vulcão destruir a sua. Será que ele estava ocupado cuidando da minha e tirou o olho da sua? Sabe que horas exatamente foi que aconteceu aí? Meu *nonno* disse que não adianta só saber a hora, porque tem também que contar o fuso horário. Então, se você puder, descobre certinho que horas foi que o vulcão explodiu aí e eu vou dando um jeito de descobrir o fuso. Minha professora de geografia com certeza vai saber. Ela sabe tudo. Decorou todas as capitais da Europa e da América e disse que até o final do ano vai decorar da África e da Ásia.

Um abraço italiano,
Gaetano Garofalo
Vulcão pura lava

HILO, 30 DE JULHO DE 1988

Aloha! Desculpe a demora, Gaetano.

Você deve ter pensado que eu nunca mais escreveria. Mas estou escrevendo no mesmo dia em que chegou a sua carta! Acho que aconteceu algum problema no correio e só chegou hoje. Demorou muito mais que a outra. Aliás, hoje é meu aniversário. Faço 12 anos. Achei que chegar sua carta logo hoje ficou como um presente do meu amigo italiano. Eu já estava achando que você nunca mais escreveria, mas a culpa foi do correio. E qual o dia do seu aniversário?

Gaetano, aqui está tudo bem. Finalmente o vulcão acalmou e a vida está voltando ao normal. Estou no meio das férias de verão e tem sido muito bom. Jogo beisebol quase todo dia, ou vou nadar. Aqui na minha cidade, Hilo, as praias não são muito boas, não.

As melhores praias aqui do Havaí são as de Maui, uma outra ilha. Se bem que, para surfe, as mais famosas são em Oahu. A minha ilha é a maiorzona. E onde tem vulcões mais ativos. Mas a mais famosa mesmo é Oahu, onde quase todos os turistas vão. Lá tem Honolulu, Pearl Harbor e tudo o mais. Pouca gente vem até Hilo. Eu acho bom não ter muito turista, mas minha mãe diz que seria bom para a loja se tivesse. Nossa família tem uma loja que vende souvenires. Camisetas, brinquedos e enfeites do Havaí. Como está tendo derramamento de lava numa parte da ilha, devem vir muitos turistas para ver. Nada perigoso, só lava fluindo o tempo todo sem estouro.

Eu não conheço esses dois jogadores de futebol que você falou. Me diz de qual você gosta mais e ele fica sendo o meu favorito também. Você tem algum time de beisebol favorito? Se não tiver, que tal torcer para os

Dodgers de Los Angeles, meu time favorito e do meu pai também?

Eu fiquei curioso com uma coisa. Você disse que, vendo a filmagem em que eu apareci, você achou que eu seria legal. Por quê?

Me conta mais da sua família. Você mora com seus pais? Aqui em casa somos eu, minha mãe e meus irmãos, o Larry e a Luanda. Meu pai foi para o continente uns anos atrás para trabalhar e mandar dinheiro para a gente. Ele ficou um tempo na Califórnia, depois disse que tinha conseguido um emprego no Texas. Mas ele sumiu. Já tem um ano que a gente não sabe nada dele. Tenho muitas saudades. Lembro dele sempre que vejo o Dodgers. Quem sabe ele aparece na televisão lá no estádio e vou saber que está tudo bem com ele.

Ah! Tentei descobrir a hora exata da erupção e, pelo que vi, nas minhas contas foi bem mais cedo do que a erupção do seu vulcão. Então acho que não foi Deus ocupado demais, não. Acho que ele não quis e pronto. Fazer o quê? Como não sou eu que sou Deus, não fica tudo que nem eu queria.

Saudações!
JAMES
P.S.: Consegui assistir a O predador! Amei. Mas Robocop ainda é melhor.
Vulcão pura lava

NÁPOLES, 30 DE SETEMBRO DE 1988

Ciao, James.

Que bom que chegou sua carta. Eu achava mesmo que você havia desistido. Logo agora que aconteceu uma coisa sensacional. Mas, antes, uma coincidência incrível: meu aniversário é dia 30 de julho também! Nasci em 1978 e, pelas minhas contas, você nasceu em 1976. Muito legal! *Auguri*!

Mas deixa eu responder sua pergunta. Eu moro com meu *nonno* e com minha mãe. Meu pai também sumiu. Que coisa estranha, né? Outra coincidência. Nós dois com vulcões na nossa cidade, mesmo dia de aniversário e sem pai. Será que eles estão juntos? O meu pai foi com o irmão dele fazer uma viagem para o Peru, na América do Sul. Iam fazer uma trilha até a cidade perdida de Machu Picchu. E eles sumiram os dois numa das montanhas. Eu quase não lembro dele. Tenho algumas fotos, e acho que ele parece muito comigo.

Vou torcer para o Dodgers. Gostei do nome. Mas não entendo muito bem como é o jogo. Se um dia a gente se conhecer, você me ensina a jogar? Aqui minhas aulas voltaram e gostei da minha turma. Na minha sala tem uma janela bem grande; inclinando a cabeça para a esquerda, dá para ver uma pontinha do Vesúvio.

A coisa sensacional de que eu falei: vamos fazer uma viagem para a Suíça no Natal. Minha mãe e meu *nonno* vão me levar para conhecer as Dolomitas, no norte da Itália; de lá vamos para a Áustria e para a Suíça. Meu *nonno* disse que é a parte mais bonita do mundo. Até mais do que o seu Havaí. Mas meu *nonno* é estranho. Outro dia ele afirmou que a parte mais bonita era a nossa Costa Amalfitana. Vai ver que mais de um lugar pode ganhar a medalha de ouro. Não sei como é isso. Você acha que Deus fez um lugar mais bonito do mundo em cada país?

Do seu amigo,
GAETANO
Vulcão pura lava...
P.S.: na televisão, você ficou olhando para outra criança que estava chorando; parecia que estava com pena dela. Eu achei que você seria legal porque, mesmo estando triste, estava preocupado com outra pessoa.

HILO, 25 DE DEZEMBRO DE 1988

Aloha! Feliz Natal!

Obrigado por me achar legal. Não sei se sou mesmo, não. Não lembro isso que você falou de eu estar olhando para outra criança...

Em geral não me acham muito legal, não. Mas tudo bem. Eu acho que fico melhor com poucos amigos, assim posso focar em aprender a surfar. Eu fiz umas aulas uma vez, mas, como falei, minha parte do Havaí não é muito boa para isso. Espero que um dia eu consiga.

O que você pediu de Natal? Eu quero um NES. Conhece? É um videogame Nintendo. Muito bom, joguei na casa do Paulie Kekoa. E o jogo é de um italiano baixinho bigodudo! Fiquei imaginando se ele se parece com o seu *nonno*. Até hoje não sei como você é!

Engraçado isso, não? Eu sou bem grandão. Muitos havaianos são, mas eu sou bem grande mesmo. Sei lá, se tiver como me mandar uma foto sua com sua família. Eu estou mandando um cartão de Natal que fizemos alguns anos atrás, quando meu pai ainda estava com a gente. Olha aí. Eu, meus pais e meus irmãos. Não vai achar minha irmã bonita, hein?

Vulcão pura lava, little brother,
JAMES K.

II

Após essas primeiras cartas, foram mais seis cartas de cada lado até o final de 1991, quando começou um pequeno hiato de pouco mais de um ano entre elas. A conversa foi retomada assim:

NÁPOLES, JANEIRO DE 1993

Ciao, James!

Está vivo? Mande notícias! Aqui está um frio louco. Não tanto quanto no norte do país, mas muito frio. Acho que aí no seu Havaí nunca faz frio.

Abração,
Vulcão pura lava,
Seu amigo italiano,
Gaetano Garofalo

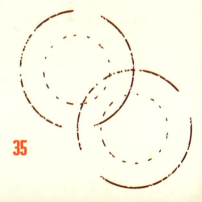

HILO, ABRIL DE 1993

Caro Gaetano! Aloha!

Bom ter carta sua de novo. Acho que já tinha um ano que a gente não se falava! E faz quase seis anos desde sua primeira carta. Achei aqui, foi em 1987. Aliás, mudei de endereço. Anota aí esse novo. Felizmente o meu primo ficou morando na nossa casa velha e por isso nem me preocupei. Ele entrega tudo pra gente. Nossa casa nova é muito boa, tem quatro quartos. E eu tenho um só para mim. Minha mãe casou de novo neste ano. Meu pai foi oficialmente considerado como falecido pelo estado. Eu quase te escrevi para contar. É estranho, mas, assim, sinto que isso se resolveu. Eu já achava mesmo que era o que tinha acontecido; acho que todo mundo vai parar de pensar no assunto.

Meu padrasto é um cara ridículo. Ridículo. Minha mãe estava tão assustada de ficar sozinha, que acho que ela pensava que eu precisava de um homem por perto para me ensinar sobre a vida e essas coisas. Mas com o Steve eu só desaprendo. Ou então aprendo ao contrário. Vai ver era esse o plano dela: mostrar um cara tão à toa, que me assustasse para não ser assim.

A vida vai bem. Ensino médio tem muitos desafios, e o maior deles é que estou seriamente apaixonado. Leilani Jones. Cara, que gata! Eu mal consigo prestar atenção nas aulas. Fico olhando para ela o tempo todinho. O professor de Matemática, Mr. Buford, já percebeu; ele fica sorrindo engraçado quando me pega olhando para ela, e eu fico sem graça. Queria chamá-la para o *prom*. Não sei se na Itália tem isso. É um baile que a gente participa na escola; geralmente é no final do ano letivo. Está chegando e eu quero muito que ela vá comigo. Não sei se ela está interessada em mim; acho que sim. Outro dia no recreio a gente ficou se olhando de longe e tenho certeza de que ela sorriu pra mim. Uma amiga dela, Jenny, disse que ela está interessada em mim e no Will Miller. Está decidindo de quem ela vai gostar mesmo. Eu acho que está no papo, sabe? Will é um bobão bom de basquete e só.

Eu estou apaixonado, cara. Só penso na Leilani. Sério, está difícil fazer qualquer outra coisa. E você? Tem alguma italianinha linda que mexe com seu coração? Um amigo me disse que as italianas são as mulheres mais bonitas do mundo. Eu achava que eram as brasileiras, mas parece que as brasileiras são descendentes das italianas, mas não sei se todas.

Vulcão pura lava, my friend
James apaixonado pela Leilani

NÁPOLES, JULHO DE 1993

Oi, James!

Que coisa boa saber que você está numa casa maior. Aqui eu sigo na mesma casa e meu *nonno* não está nada bem. Eu mesmo estou escrevendo em inglês agora. Tenho tido aulas; um bom dicionário inglês-italiano resolve as minhas dúvidas. Já assistiu ao *Parque dos dinossauros*? Quem você acha que ganharia numa briga? Quatro velociraptors ou um T-Rex?

Eu não tenho nenhuma menina de quem eu goste, não, mas a Giulia Conti não larga do meu pé. Não somente na escola, mas na *piazza* ela vive querendo vir conversar comigo. Não sei se as italianas são as mais bonitas, não. Naquela viagem à Áustria eu vi uma mulher que deve ser a mais bonita do mundo. Meu *nonno* não parava de olhar e minha mãe deu uma bronca nele. Para ser sincero, me interesso mais por futebol mesmo do que pelas meninas.

Falando nisso, deixa eu te contar da minha mãe. Ela anda muito difícil – ou melhor, ela diz que eu ando difícil. Ela quer que eu me concentre nos estudos, mas estou determinado a ser jogador de futebol. O Napoli sempre procura novos talentos e eu tenho certeza de que, se me virem jogando, serei chamado. Mas tenho medo de acontecer comigo o que aconteceu com o Giovanni, meu antigo vizinho. Ele foi chamado pela Juventus! Um time do norte. Deus me livre de trair minha terra jogando num time do norte, ainda mais na maldita *Vecchia Signora*. Eu prefiro estudar.

Espero um dia poder conhecer os Estados Unidos; temos amigos da família em Nova York. E uns primos também, se o *nonno* tiver explicado direito. Se formos lá um dia, vou ver se convenço minha família a ir até o Havaí. Minha mãe falou que sim; temos planos de ir pra América. Eu acho que é conversa. Escuto isso desde que tinha 8 anos. Quero ir à Disney e àqueles parques mais radicais. Quantas vezes você já foi?

Vulcão pura lava, amigo.
Aloha. Ciao.
Gaetano Garofalo

HILO, AGOSTO DE 1993

Aloha, Gaetano!

Claro que assisti a *Parque dos dinossauros*! Eu trabalhei num Wendy's aqui em Hilo nas férias de verão e o meu dinheiro foi quase todo para cinema. Tem Wendy's aí na Itália? Eu acho que um T-Rex acabaria facilmente com quatro ou mesmo uns seis velociraptors, pois ele pode dar umas rabadas e pisões, não só morder. E é uma só mordida e pronto, finito pro velociraptor. Quem você acha que ganharia?

Desculpe escrever rapidinho, mas é que estou correndo para o trabalho.

P.S.: Nunca fui à Disney da Flórida, mas fui uma vez na da Califórnia. É muito massa.

Vulcão pura lava,

James

HILO, 31 DE AGOSTO DE 1993

Aloha, Gaetano!

Meu mundo acabou, cara. Leilani está namorando firme aquele panaca. Tem um boato até de que ela está grávida. Em pleno Ensino Médio. Que confusão. Eu realmente acho que a vida agora vai ser sem sentido. Perdi a mulher da minha vida. Nem esperei ter resposta sua da minha última carta, precisava te contar logo.

Eu não sei se vou me recuperar dessa. Sinto muito, não tenho muito mais a dizer.

Vulcão, pura lava. Seu amigo de coração partido. Vou olhar o mar e chorar.

NÁPOLES, OUTUBRO DE 1993

Ciao, amigo!

Sinto demais por isso tudo da Leilani.

Meu *nonno* diz que a segunda pior dor que existe é do ciático. E a primeira é do coração partido. Ele vive dizendo isso. Mas pelo que sei ele partiu mais corações do que teve o dele partido. Enfim.

Aqui na Itália costumam dizer que tem três coisas que mexem de verdade com o coração do homem. *La pasta, le donne i la macchina*. A massa, as mulheres e os automóveis. De fato, todo italiano é meio fascinado por essas três coisas. E tem o futebol também, claro.

Acho que logo você vai gostar de alguém diferente. *Nonno* me garantiu que você logo esquece essa menina. Disse que é bom passar umas situações tristes dessas pra crescer cabelo na sabedoria! Ele fala umas coisas doidas dessas. Diz que não adianta crescer cabelo no sovaco, tem que crescer cabelo na mente.

Lembra da Giulia? Estamos namorando. Eu não ia falar, pois você está triste por causa da Leilani. Mas achei que seria errado não contar. Lembra do futebol? Fiz um teste para a Juventus. Me saí muito bem. Sou um defensor clássico, como disse o treinador. É, eu sei que eu disse que nunca faria isso. Vou me mudar para Turim neste mês. Minha mãe vai junto. O *nonno* disse que vai ficar bem aqui em Nápoles mesmo, pois ele está disputando com o Vesúvio pra ver quem vai mais longe. Ele fala assim, mas mal lembra o caminho de casa. Vai morar com uma tia minha.

Espero que esteja melhor,
Vulcão pura lava, James.
Amor é isso. Al cuore non si comanda.
GAETANO

MAUI, FEVEREIRO DE 1994

Aloha, Gaetano!

Estou de endereço novo. Agora estamos morando em Maui, em Lahaina, mais precisamente. Foi bom sair de Hilo depois daquela decepção toda com a Leilani. Na verdade, pensando melhor, eu nem precisava ter ficado tão mal assim. Hoje vejo que ela é uma baita de uma louca. Acho que cresceu cabelo na mente, como diz seu *nonno*.

Estou trabalhando numa oficina mecânica. Gosto demais do que estou fazendo. Não vou para a faculdade. É muito caro e eu não consegui nenhum tipo de bolsa. Mas acho melhor assim, sabe? Estou mais é querendo ganhar dinheiro. Estou com quase 18 anos e não quero mais depender do dinheiro de ninguém. Acho que com mais uns meses eu já estarei ganhando o suficiente para sair de casa. Aos sábados ajudo num barco turístico que leva o pessoal para tentar ver as baleias aqui na nossa costa. Eu ajudo com todo tipo de coisa, desde pegar os ingressos até lavar o convés, ajudo a servir bebidas; muito de vez em quando o capitão me permite dar as explicações aos turistas no microfone.

Parabéns pelo namoro com Giulia, mas parabéns mesmo é pela oportunidade no esporte! Espero que você realize seu sonho de ser jogador profissional. Você é um cara nota 10 e tenho certeza de que Deus vai amar realizar seus sonhos. Como dizemos por aqui: *A'a i ka hula, waiho i ka maka'u i ka hale* – ou seja, "ouse dançar, deixe a vergonha em casa".

Tudo de bom para você, velho amigo. Torce por mim. Tem outra gatinha em quem estou de olho. Não vou dar detalhes, para não dar azar.

Aloha Nui Loa, Vulcão pura lava!

TURIM, JUNHO DE 1994

James, my brother! Ciao!

Como estão as coisas aí em Maui? Esta é minha primeira carta desde Turim pra você. Aqui é muito diferente da minha região. Somos todos italianos, claro, mas é como se fosse outro mundo. Turim é a capital do Piemonte e é um mundo de diferença para a Campania, região de minha Nápoles. Imagino que os estados aí também sejam muito diferentes, ainda mais o seu Havaí. Eu vi um filme chamado *Velocidade máxima*, muito bom. Acho que se passa em Los Angeles, na Califórnia. É parecido com Maui?

Está acompanhando a Copa do Mundo? Nem sei se você sabe, mas está sendo aí nos Estados Unidos; mas pelo que vi, nenhum jogo vai ser no Havaí. Acho que ficaria muito longe. A Itália está avançando muito bem. Estou orgulhoso do nosso país. Estou com medo do Brasil e da Holanda. Acho que só essas duas seleções podem ser mais fortes que os *azzurri*. Quem tem jogado muito bem no torneio é o melhor jogador do mundo, Roberto Baggio. Sabe em que clube ele joga? Sim! Na Juventus, onde estou treinando ainda nas divisões de base. Todo mundo o admira muito. Tem ainda mais dois jogadores da Juve na *squadra*: o Dino Baggio e o Antonio Conte. Infelizmente não tem nenhum jogador do Napoli. Nossos tempos de glória se foram. Eu nunca conversei com o Baggio, mas o Conte uma vez ficou vendo nosso treino e disse que tenho futuro como defensor, mas que preciso melhorar o tempo do cabeceio. Fiquei muito feliz. E nossos Dodgers? Como vão?

Abração,
Gaetano

P.S.: a Giulia já era. Muito chatinha, credo. Me manda uma frase bonita de amor aí do Havaí? Estou precisando impressionar a Beatrice. Outro dia conto mais dela; tenho que correr para o treino.

Chi dorme non piglia pesci!

Ciao!
Vulcão pura lava

MAUI, 30 DE JULHO DE 1994

Aloha, Gaetano!

Feliz aniversário. Pra nós dois! Eu estou completando 18 e você hoje faz 16. Que coisa boa é viver. Que tudo te corra bem em Turim!

Aqui vai uma frase matadora para você testar com as moças daí. Nem sei se ainda é a Beatrice, você é bem rápido com essas coisas. Seja com quem for, diga assim: *No keia la, no keia po, a mau loa*. Significa: "A partir deste dia, a partir desta noite e para sempre mais". Você diz isso e já tasca um beijo na Beatrice (ou seja em quem for)! Agora, sua vez de me ajudar. Preciso de uma frase matadora em italiano para eu usar com a Tammy Stewart. A gente devia abrir uma empresa de frases matadoras e dicas amorosas internacionais! Sei não, acho que ainda somos muito jovens.

Aqui sigo trabalhando. Na oficina e no barco. Indo tudo muito bem, graças a Deus.

Eu vi um pouco da Copa do Mundo. Vi que perderam a final justamente para o Brasil e quem errou o último chute foi seu herói Baggio. O Brasil tirou meus Estados Unidos também,e bem no nosso 4 de julho! Um jogador brasileiro deu uma baita cotovelada num dos nossos. Foi revoltante. Sinto muito. Imagino que você esteja decepcionado com o Baggio, mas não pare de admirá-lo por isso. É assim mesmo, nossos heróis falham conosco muitas vezes. Foi assim com meu pai, quando ele partiu para o continente e sumiu. Mas, sabe, se pararmos de amá--los por isso, é um sinal de que não os amamos de verdade, mas apenas o que eles faziam por nós. E isso não é amor, é só egoísmo.

Vulcão pura lava, meu caro. Mahalo por sua amizade. Espero um dia te conhecer pessoalmente.

James

TURIM, SETEMBRO DE 1994

Ciao, James! *Come stai*?

De fato, não deu tempo de usar a frase havaiana com a Beatrice. Mas já usei com a Giana e funcionou que foi uma beleza. Aqui vão umas frases italianas pra te ajudar:

Ti voglio bene — "Te quero bem" ou "Te amo". É mais a sonoridade mesmo do que as palavras em si. Tem de falar olhando nos olhos meio de cima para baixo.

Mi sono innamorato di te — isso é mais forte, algo como estar enamorado ou apaixonado. Tem de medir bem a intensidade.

Mi sono perso nei tuoi occhi — "Eu me perdi nos seus olhos". Essa você precisa olhar de um jeito apaixonado e meio perdido, mas tem de ser sincero. Elas detectam facilmente se não for.

Resta com me per sempre — "Fica comigo

para sempre". Elas gostam de ouvir que você tem interesse em longo prazo, mesmo que nenhum dos dois tenha.

Pronto, com essas você já vai estar bem armado. Mas tenho certeza de que, com seu gingado natural havaiano, vai soar ainda melhor. Vocês são o povo da hula. Boa sorte!

Vulcão pura lava, seu malandrão.
GAETANO

III

As conversas prosseguiram assim até o final de 1995, quando houve novo hiato. Foi apenas dois anos depois que voltaram a se falar, por iniciativa de Gaetano. Não houve nenhuma ruptura entre eles - apenas as da vida, é claro.

TURIM, DEZEMBRO DE 1997

Ciao, James!

Buon Natale!

Mandando esta mensagem na esperança de que a carta chegue a você, velho amigo. Como vão as coisas por aí nos Estados Unidos?

Aqui na Itália, tudo bem. Sigo em Turim, mas infelizmente o futebol não vai mais adiante. Algumas lesões, misturadas com falta de sorte e acho que falta de qualidade, e agora procuro outro rumo. Estou no ponto em que, se fosse para ter avançado para uma carreira profissional, já teria acontecido. Tudo bem. Sem ressentimentos para com a vida. Sou feliz por ter tentado.

Saudades!

Ciao,

GAETANO

HONOLULU, JANEIRO DE 1998

Aloha, caro Gaetano!

Sei que faz tempo que não escrevo, e me sinto muito em falta contigo. Quase dois anos! Naqueles anos da adolescência, sua amizade me foi muito preciosa. Eu não soube dizer, acho que nem soube sentir na época, mas sua amizade me ajudou a superar o sumiço do meu pai, as mudanças, as frustrações amorosas e muito mais. Era como saber que havia alguém por mim, que mal me conhecia.

Eu me lembro de que, num dia em que estava num *sports bar* e a Juventus jogava na televisão (era alguma final europeia importante), falei para o bar inteirinho que tinha um amigo italiano que era da Juventus. Não acreditaram. E acho que você já nem estava mais por lá, mas para mim estava.

Você me foi muito importante. Ainda é.

Sei que a vida é assim mesmo, o final da adolescência é uma fase de muitas transições. Como pode ver, eu mesmo estou morando agora em Honolulu. Sou gerente de uma oficina e estou muito feliz. Mudei para cá no início do ano e sigo bem. Desde uns meses atrás coloquei e-mail em meu computador e estou aproveitando esta cartinha para comunicar meu endereço eletrônico. Não sei se aí na Itália vocês estão usando e-mail ou não. De qualquer forma, segue o meu. Se você usar, por favor responda por lá! Se não, me mande uma carta. Quero notícias suas. Na última vez em que nos falamos, você andava bem entristecido com o fim prematuro da sua carreira no futebol, e eu sinto que nunca respondi adequadamente.

Vulcão muita lava.
Abração eletrônico,
JAMES | jkahananui@aol.com

TURIM, MARÇO DE 1998

Ciao, James!

Que bom que você também tem e-mail. Eu coloquei internet aqui em casa também! Já estou te respondendo dele, grava aí meu e-mail. Estou ensinando minha mãe a utilizar. Dá para fazer muita coisa com a internet. Vamos ver onde isso vai parar! Cara, muito bom ter notícias suas. E é "vulcão pura lava", não "vulcão muita lava"!

De fato, foi um tanto decepcionante não ter ido adiante o futebol. Acho que mais do que admiti para mim mesmo na época. Vamos em frente. Como dizemos aqui, *chi va piano, va sano e va lontano*. Procura na internet pela tradução!

Eu estou bem em Turim, trabalhando numa loja de roupas e pensando sobre estudar computação. Meu *nonno* agora descansa perto do Vesúvio, que acabou durando bem mais do que ele.

Sabe, estou tendo vontade de voltar para o sul. Retomei o contato com a Giulia Conti – não sei se você se lembra dela; foi minha primeira namorada. Acho que te escrevi a respeito naquela época.

Então, saudades de Nápoles. O pessoal aqui no norte acha que lá é basicamente a roça, o mato, o fim do mundo. Mas não é, não. Tem uma música famosa chamada *Santa Lucia*. Ela é bem conhecida na Itália, e acho que uma das músicas italianas mais famosas fora daqui também. Você encontra nos CDs do Pavarotti. Ela é sobre a baía na frente da cidade de Nápoles, em frente ao distrito de Santa Lucia. E ela fala sobre a maravilha que é estar ali de frente para o mar, com a água refletindo o brilho do astro de prata, as ondas gentis, o vento favorável. É um barqueiro chamando para um passeio em seu pequeno barco. E ele fala: "Vem depressa para o meu barquinho". E ele chama. E Nápoles chama. Seja o astro de prata sobre o mar, ou o bendito sol sobre a pele, Nápoles chama. Acho que atenderei ao chamado. De qualquer forma, com e-mail agora podemos nos comunicar de qualquer lugar que estejamos no mundo. Isso é *bellissimo*.

Anota aí o meu e-mail: garofalogaetano@hotmail.com.

A presto,
GAETANO
Vulcão haja lava

HONOLULU, MARÇO DE 1998

Aloha, Gaetano!

Que coisa boa receber seu e-mail. É uma maravilha mesmo a internet. Agora vai ser mais fácil mantermos contato e estarei mais imediatamente atualizado sobre suas namoradas! Eu vou bem aqui em Honolulu. Além de gerenciar a oficina, tenho feito alguns bicos no ramo do turismo, desde guia em Pearl Harbor até trabalhando num hotel em Waikiki.

Quando der, me manda notícias. Tô indo para o meu turno. Segue anexa uma foto minha com Laurie. Estamos firmes. Acho que estou apaixonado. E, sim, usei uma das velhas frases italianas com ela. O sotaque foi péssimo, troquei as palavras, mesmo tendo ensaiado muitas vezes... Ela achou fofo.

Vulcão pura lava,

JAMES

NÁPOLES, JANEIRO DE 1999

Ciao, James.

Desculpe a demora. Fui responder na hora que chegou o e-mail, mas acabei correndo para resolver umas coisas e foi ficando para depois. Então o computador quebrou e só recentemente conseguimos consertar. Enfim, não me desculpa, mas acho que explica. E essa Laurie? Bonita, hein? Um terço do seu tamanho! Cuidado para não esmagar a moça!

Não foi fácil a volta para Nápoles. Achamos uma boa morada, em Caserta mesmo. Estou estudando e trabalhando. Minha mãe vai bem, graças a Deus. É tão estranho voltar ao lugar onde você foi criança! Tudo é menor do que o lembrado. Mas tem outra coisa meio difícil de explicar. Talvez seja só nostalgia. Mas tem alguns meses que voltei e isso não mudou. Explico: muita coisa é mais doce do que eu lembrava. Vou te dar dois exemplos. Em Caserta tem uma pequena *piazza* maravilhosa que se chama *Piazza Luigi Vantivelli*. Olha, não é nada como a *Piazza Navona* de Roma ou a *Piazza del Duomo* em Milão. Mas é a minha *piazza*. E eu sempre bebi água da fonte dela entre as muitas partidas de futebol que jogamos aqui. Tenho cicatrizes no joelho que vêm de pancadas num banco de praça tentando roubar a bola de um atacante. Enfim, anos sem beber água da fonte. Mas hoje dei um gole depois de um *gelatto* com a Giulia, pois deu sede. Eu ia comprar uma água; a Giulia me chamou de *buffone* e fomos pra fonte. Duvido que haja água melhor no mundo. Duvido. Outro exemplo: o Vesúvio. Claro que pra todo mundo da região ele é um marco, uma parte da vida cotidiana. Foi ele que nos fez começar nossa amizade, como você bem se lembra. Então, eu sempre vi o

Vesúvio assim, como parte da paisagem, como a lua. Está ali e pronto. E, claro, saindo daqui pra morar no norte, ele sumiu da mente. Mas, ao chegar aqui de novo para refazer a vida, foi como encontrar um velho amigo. Foi como lembrar uma amizade que se fez e negligenciamos em deixar sair pelos dedos. Eu, no dia seguinte, fiz algo que nunca fizera em toda a minha vida! Peguei uma excursão para ir ver o Vesúvio de pertinho. Que vista gloriosa lá de cima, James! Como é que eu nunca tinha feito isso? Você já subiu o Mauna Loa? Mauna Kea? Kilauea? Acho que a familiaridade com algo pode, infelizmente, nos fazer deixar de vê-lo com o assombro devido. Quem sabe você, que gosta tanto do ramo do turismo, poderia escrever um livro sobre a importância de conhecer a própria cidade.

Lá no alto me emocionei. Lembrei o *nonno*, antigo como o vulcão, ao menos do meu ponto de vista. Lembrei o meu pai, especificamente uma memória meio estranha que eu tinha apagado da mente. Ou talvez seja algo meio fabricado por coisas que me contaram, mas eu não me recordo de qualquer pessoa jamais falar sobre isso. Lembrei estar com meu pai no Lago de Garda. Fica no norte do país, para o lado de Verona. Eu lembrei nitidamente estar com ele num barco, tomando soda. Ele tinha um belo sorriso. Eu não tenho o sorriso dele, tenho o de minha mãe. E ele falava algo como "esse *bambino* ainda vai mudar o mundo, ele é um titã!" Muito estranho. Mas ficou clara a admiração que o velho tinha por mim.

E me lembrei de você. Me lembrei de você criança, com seus familiares naquela filmagem que me levou a pedir para o *nonno* conseguir seu endereço. Anseio por te conhecer, James. É estranho que amizades possam perdurar por tantas fases da vida, mudanças de endereço, mudanças de tecnologia e até mesmo por anos sem se falar. Amigos por vezes são como parte da paisagem, e tolos somos nós que não os valorizamos.

Segue anexa uma foto minha com a Giulia. Tiramos semana passada numa festa de casamento de um primo dela. E vai também uma foto minha com minha mãe e o *nonno*. Foi mais ou menos nessa época que começamos a nos corresponder. Fico pensando se teríamos sido amigos se fôssemos da mesma escola. Talvez não. Eu, com meu amor por esportes, e você, com sua birra com esportistas. Não sei, uma amizade improvável. Talvez fôssemos rivais pela mesma garota. Mas, do jeito que aconteceu, do jeito que Deus fez, crescemos muito longe e por isso estamos próximos.

Vou pedir a Giulia em casamento. Amanhã. A lua vai estar cheia. Vou levá-la para um passeio de barco até Capri de tarde e ficar para jantar. Lá farei o pedido, diante do golfo de Sorrento. Espero que o astro de prata esteja ajudando. Ondas calmas e vento próspero, como na canção de que te falei. Espero ter boas notícias em breve. Se não ouvir de mim nos próximos três dias, é que larguei tudo para virar pescador com o coração partido.

Ciao, my volcanic friend,
Vulcão pura lava,
GAETANO GAROFALO

HONOLULU, JANEIRO DE 1999

Aloha, Gaetano!

Que bela percepção sua sobre a doçura do lar. Sabe, eu senti um pouco disso quando fui à velha Hilo no mês passado. E foi na antiga lojinha de minha família, tomando um *shaved ice*. Vocês têm isso aí na Itália? É muito gostoso, basicamente gelo moído colocado num copo e com xaropes doces de sabores diversos derramados sobre o gelo. Toma-se de canudo e colher. Deve ter algo assim por aí.

Espero por notícias da Giulia. Que ela não seja tonta de te dispensar. Eu tenho alguém também. Aquela moça que mandei foto noutra vez, a Laurie. Uma moça filha de imigrantes japoneses que está morando aqui desde a infância. Mas conto dela outro dia, agora é sua vez de brilhar.

Meu patrão é dono de uma rede de oficinas e tem apostado alto em mim. Disse que tenho um belo ouvido para o trabalho! Confesso que preferia ter mais oportunidades no ramo do turismo, mas vou fazendo um pouco de tudo. Há uma chance de o meu patrão abrir uma filial da loja em Maui, e assim eu voltaria para Lahaina para gerenciá-la. Vamos vendo; às vezes parece que minha vida nunca decola. Salto de ilha em ilha perseguindo empregos e tentando a sorte no amor. Até tive uma oportunidade um tempo atrás de algo sério; mas eu não tinha de fato afeto pela moça, era só mais o medo de ficar sozinho. Acabei fazendo o certo e a dispensando amavelmente. Nem vale a pena dizer mais.

Abração,
Vulcão toda lava,
JAMES

NÁPOLES, JANEIRO DE 1999

Ela disse "sim"! Foi tudo bem. Um pequeno incidente com uma garrafa de vinho e um hidrante na hora do pedido, mas o importante é que ela aceitou. Se tudo der certo, nos casaremos no outono.

Seria o máximo se você pudesse vir!

Ciao,
GAETANO
Vulcão puríssima lava!

IV

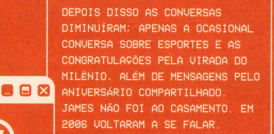

DEPOIS DISSO AS CONVERSAS DIMINUÍRAM: APENAS A OCASIONAL CONVERSA SOBRE ESPORTES E AS CONGRATULAÇÕES PELA VIRADA DO MILÊNIO, ALÉM DE MENSAGENS PELO ANIVERSÁRIO COMPARTILHADO. JAMES NÃO FOI AO CASAMENTO. EM 2006 VOLTARAM A SE FALAR.

HONOLULU, ABRIL DE 2006

Aloha, old friend Gaetano!

Me lembrei de você ontem.

Tem tempos que a gente não se fala pra valer, não? Aqui na oficina, ontem, um italiano que mora aqui em Honolulu veio trazer um Ford para arrumar o câmbio. Uma figura muito simpática, senhor Grigio. Ele me lembrou muito de você; achei-o parecido com uma foto sua junto aos filhos, que me mandou ano passado no nosso aniversário. Enfim, lembrei de você e estou mandando esse alô.

Como estão as crianças?

Best wishes,

J.K.

NÁPOLES, JUNHO DE 2006

Ciao, James,

Desculpe pela demora em responder! Eu mal tenho usado esse e-mail do Hotmail! Desculpe. Por isso demorei tanto para encontrar sua mensagem. Por favor, mande futuras mensagens aqui para este endereço do Gmail.

Amei ter notícias suas. Você perguntou das crianças, elas vão bem. Marcello com quatro anos, correndo atrás de bola o tempo todo. Chiara, a gêmea do Cello, só quer saber de chorar. Que fase! Giulia segue cada vez mais linda, e eu cada vez mais gordo.

E você, velho amigo? Como vão os planos e anseios? Da última vez que falamos você e Laurie tinham acabado de se casar. Tem um ano isso, não? Como vocês estão?

Vulcão pura lava
GAETANO

HONOLULU, SETEMBRO DE 2006

Aloha, Gaetano!

Tenho boas notícias. Eu e Laurie vamos ter um bebê! Vou entrar no seu esquema de vida corrida. A data prevista é janeiro que vem.

Eu sigo na oficina, cada dia mais apaixonado por carros. Aliás, recebi na loja uma Ferrari noutro dia, e me lembrei de você. Inclusive a Ferrari lançou o modelo 599 recentemente e fiquei bobo com o que vi. Vocês italianos têm estilo.

Parabéns pela vitória na Copa do Mundo de futebol! Algum dos jogadores é da sua região?

Vamos falando, old friend.

Greetings,
Vulcão pura lava,
JAMES K.

NÁPOLES, SETEMBRO DE 2006

Ciao, fratello!

Que coisa boa saber da gravidez! E por aqui acabamos de descobrir que vamos para mais um. Espero que sejam gêmeos de novo! Mas a Giulia disse que não quer de jeito nenhum. Vamos ver.

Sobre a Copa, foi uma alegria imensa pra gente. Não foi nenhum jogador do Napoli para o torneio, não. Mas o capitão, Fabio Cannavaro, é daqui. Ah, e o goleiro é meu conhecido. Sou da mesma idade do Gigi Buffon, um monstro. Cheguei a enfrentá-lo em torneios juvenis na minha época. Enfrentei ainda o Rino Gattuso, que me deixou com o tornozelo inchado por dois dias. E com orgulho posso dizer que mais de uma vez parei o Vincenzo Iaquinta. Nunca marcou um gol jogando contra mim e foram uns cinco ou seis jogos. Fiquei vendo o Cannavaro jogar. Essa é a posição que eu ocupava, mas, claro, nunca fui nem perto de ser bom assim.

Eu vi a Ferrari 599. Achei um colosso. Quais estradas serão melhores de dirigir: italianas ou havaianas? Eu me lembro de ler sobre uma famosa estrada que vai de Kahului até Hana. Parece ser uma bela *road trip*. Aqui na Itália tem muitas. Eu acho que a viagem até Sorrento pela Costa Amalfitana deve ser bem parecida com essa estrada para Hana. Muitas curvas e cenários de penhascos dramáticos. Tem muitas outras. Há uma estrada serpenteando as Dolomitas no norte... Dirigi por lá na época em que morei em Turim. Vale a viagem. É como aquecer o coração através da direção. Dá para passar o dia sorrindo.

Bem que você podia vir até aqui para fazermos juntos um trajeto desses. Eu não garanto uma Ferrari, mas prometo uma Maserati ou uma Alfa. Que tal?

Vulcão pura lava,
GAETANO

HONOLULU, OUTUBRO DE 2006

Aloha, Gaetano!

Aqui vai tudo bem. Gravidez andando conforme o planejado. Muito bom saber que logo teremos mais um Garofalo no mundo!

Amei sua ideia de uma *road trip* e finalmente nos conhecermos pessoalmente. É estranho pensar que meu amigo mais antigo na vida é alguém que nunca vi pessoalmente. Mas temo que, por ora, seja impossível. Apesar de a oficina estar indo bem, a grana é bem limitada. E agora, entrando no esquema de paternidade, acho que viagens caras como essa terão de esperar alguns anos. Sei lá, se calhar de você vir para este lado do mundo, quem sabe não fica mais fácil! Um dia vai dar certo, você vai ver. Está sendo legal te seguir no Facebook! Bom ver você e seus lindos filhotes aproveitando a vida de tantas formas.

Laurie está irritada porque estou no computador, temos consulta no obstetra. Vou indo.

Vulcão baita lava,
Aloha!
JAMES K.

V

Depois de algumas outras poucas mensagens entre final de 2006 e o final de 2007, perderam o contato por um bom tempo. Foram quase dez anos antes de voltarem a se falar.

LAHAINA, DEZEMBRO DE 2015

Aloha, Gaetano.

Como você está? Quase uma década sem nos falarmos. Que coisa. Fico imaginando se você está bem! Se tem uns dez ou doze filhos. Como vai a vida? Nem sei se você ainda usa este e-mail. De qualquer forma, mandei um pedido para te seguir no Instagram, não sei se você viu. Tem umas semanas já...

E essa loucura da gravidade?[1] Será que isso tem a ver com o quê? Foi isso, inclusive, que me fez lembrar de você. Aquela coincidência das erupções vulcânicas foi o

---

[1] *Nessa época o mundo começou a passar por um estranho período em que houve leve variação gravitacional global. Nada muito dramático, mas o suficiente para causar alguns acidentes e mudar a percepção humana sobre a estabilidade das coisas.*

que nos colocou em contato no que parece ter sido uma vida inteira atrás. E esse fenômeno global, mexendo com todo mundo agora... Os geólogos por aqui estão dizendo que algo assim deve trazer consequências sérias nos movimentos vulcânicos por estas bandas.

Espero que esteja bem. Eu estou morando em Lahaina, na ilha de Maui. E você?

Como era mesmo que a gente dizia? Ah! Sim! Lembrei:

Vulcão pura lava, old friend.

Um abração cheio de Aloha de quem muito te estima,

JAMES

CASERTA, JANEIRO DE 2016

Uau! James! Que coisa maravilhosa receber uma mensagem sua, meu antigo amigo. Eu sigo morando em Caserta, região de Nápoles. Conta mais de sua vida! No que tem trabalhado? E a família?

Desculpe, eu criei a conta no Instagram mais para agradar a Giulia, não gosto muito de redes sociais, não. Assim sendo, mal utilizo!

Bizarro isso do *Graviday*. Curiosamente, me fez lembrar de você também. Talvez seja algum tipo de ligação de gente que viveu coisas estranhas junto. Eu, na época em que isso tudo começou, cheguei a pensar em te escrever, mas por alguma razão certamente tola não o fiz. Alegra-me que você tenha escrito. Aliás, lembrei-me de você outro dia assistindo uma animação com os pequenos.

Resolvemos ver *Divertidamente*, e tinha um curta-metragem no início que se resumia a dois vulcões cantando sobre o amor. E eu achei o vulcão bem parecido com você! Já assistiu?

Eu fico imaginando as teorias loucas que meu *nonno* criaria sobre isso tudo. Certeza que ele diria ter a ver com o Vesúvio. Ou com o Lago de Garda. O velho era fascinado por aquele lago, sempre dava um jeito de passar uns tempos por lá. Minha mãe desconfiava de que ele tinha uma namorada por aqueles lados, ou algo assim. Quando ela o questionava, ele ria!

Os meninos vão bem. Marcello e Chiara com 14 anos e todas as agruras de ser adolescente. Era assim também quando nós estávamos nessa idade? O *bambino* vive arrasado por ter o coração partido. Catorze anos! O Vincenzo e a Lucia crianças ainda, cheios de vida e sem saber que envelhecer dói.

E você? Pelas minhas contas vai virar quarentão neste ano, certo? Eu ainda tenho uma folga de dois anos. Estou muito feliz em geral. Tem dias em que não, mas tem dias em que sim. E tem dias em que isso não importa. Esses dias são os melhores.

Lembro com alegria das nossas muitas cartas. Por favor, conte mais de sua vida.

Ciao,
GAETANO
P.S.: Vulcão pura lava.

LAHAINA, ABRIL DE 2016

Aloha, Gaetano!

Obrigado por escrever. Amei saber mais de você e dos seus familiares. E no que você está trabalhando? Estou trabalhando num resort em Maui, na praia de Kaanapali. Larguei a vida de oficina e agora estou tranquilo aqui. Quase quarentão, como você bem lembrou! Você chega lá, old friend.

Lembrei-me de você outro dia, pois aconteceu algo hilário. Eu estava servindo drinques e chegou um turista para comprar bebida. Só que o louco veio com um jeito meio distraído e, enquanto eu preparava, ele ficou cantarolando "I lava you", canção desse curta-metragem da Pixar. Lembrei na hora de que você tinha dito para assistir, pois eu parecia o vulcão! Eu assisti e, olha, pareço mesmo. Mas estou menos enrugado. Acho que o turista achou parecido também.

Então, sobre vulcões e vulcoas, tenho uma notícia. Eu e Laurie nos separamos. Ela seguiu o rumo dela e eu segui o meu. A vulcoa foi cantar em outra ilha. O pequeno Jack foi junto; quase não nos vemos. Ela está falando em mudar para o continente. Estou tranquilo quanto a isso; bem, ao menos o quanto é possível estar. Aliás, parei em geral de querer muito da vida. Será esse o segredo do contentamento? Larguei de querer ser dono de muitas oficinas; estou feliz fazendo drinques. Passo o dia em frente ao mar. Aqui na praia de Kaanapali dá para ver as baleias nesta época do ano. Nem precisa pegar barco, não. Da areia dá para vê-las saltando e brincando no Pacífico. Quarenta anos e acho que a vida vai ser meio assim mesmo até este vulcão se extinguir. Não falo isso para que você sinta qualquer tipo de pena, OK?

Tenho saúde, o coração está forte. Apenas uma diabetes começando. Apesar do peso. O médico quer que eu reduza para uns 120 quilos. Para a minha altura, até que não estou gordo demais. Mas vou baixar, para melhorar no surfe. Como peixe e camarão quase todo dia. Tomo banho de mar quatro vezes por semana, no mínimo. Estou finalmente aprendendo a surfar. Tem dias em que tenho vontade de ter alguém ao meu lado na cama, mas me lembro de como era ruim dormir com alguém por quem o afeto havia sumido, por quem só havia algum tipo de indiferença mútua. Aí me contento. Posso ouvir minhas músicas e ver meus filmes. E acompanhar os Dodgers. Nunca mais vencemos, desde a época em que eu e você nos conhecemos. Mas tenho esperanças. Como o seu Napoli, quem sabe um dia... E posso escrever meus livros. Sabia que escrevi dois romances? Policiais. Um dia mostro para o mundo e ganho um Pulitzer. Se bem que não estou a fim de ficar dando entrevistas, então talvez eu deixe pra lá.

Aliás, vou sem falta uma vez por semana ao cinema. Sozinho mesmo. Às vezes vai algum amigo. A vida é boa, meu caro. Não leia melancolia demais em minha mensagem. Tenho muita vida pela frente e ela é boa. Nos piores dias ela ainda é boa. Sinto que ser mais ou menos feliz é o máximo que é possível... então se é assim, melhor que seja no Havaí, não? Muito mais bonito que essa sua Costa Amalfitana mequetrefe.

Abração melado de suor,
JAMES
Vulcão muita lava

CASERTA, ABRIL DE 2016

Ciao, James,

Sempre bom saber mais sobre você. Lamento pelo rumo das coisas com a Laurie, mas me conforta ver que você parece confortado.

Estou acordado tarde da noite escrevendo este e-mail. Tomando um vinho e refletindo sobre a forma que a amizade toma. Tenho muitos amigos. Alguns bem antigos; outros, não. Mas hoje ficou claro que só tenho um amigo para quem algumas coisas puderam ser ditas. Quase trinta anos de amizade. É bom ter você, James. Não se esqueça disso caso as coisas escureçam demais, está bem?

Esse seu e-mail me fez lembrar de uma música italiana famosa, que se chama *Caruso*. Procura depois a versão com a Lara

Fabian cantando. Pega a letra e acompanha junto. A canção tem esse nome por ser dedicada a um velho tenor italiano chamado Enrico Caruso. Em minha humilde e correta opinião, Caruso era melhor do que Bocelli, Pavarotti ou qualquer outro. Pois bem, a canção é uma homenagem a ele e fala de um homem já no final da vida olhando nos olhos verdes de uma mulher bem mais jovem que ele muito amou, verdes como o mar. E a canção é cheia da melancolia saciada que eu senti na sua última mensagem. Tem um trecho em que a canção diz:

Guardò negli occhi la ragazza, quegli occhi verdi come il mare

Poi all'improvviso uscì una lacrima e lui credette di affogare

Significa que ele ficou olhando aqueles olhos verdes da moça, verdes como o mar, e a lágrima que veio o fez achar que ia se afogar. Meio exagerado, eu sei. Mas é nosso jeito. Em outra parte, ele fala para ela que a quer tanto, que a quer tão bem, que isso causa uma reação em cadeia que faz o sangue derreter dentro das veias. Nem consigo entender direito o que quer dizer. Ao menos não racionalmente. Intuitivamente entendo. Talvez seja como lava, que é terra derretida. Será que é isso que acontece no vulcão e falam que o amor é assim? Penso nisso quando lembro da Giulia e do quanto a amava. Ainda a amo, mas é um amor antigo e enraizado, não um amor apaixonado.

Eu não sei, James, não sei. Percebo que você está bem sim. Fico imaginando que rosto vai estar em sua mente na hora da extinção do vulcão. Pra mim, será a Giulia. E pra você? Talvez ainda possa ser a Laurie. Ou talvez seja alguém que ainda virá. Lembro o *nonno* e suas viagens misteriosas para o Lago de Garda. Será que ele ia lá para seus olhos brilharem e seu sangue derreter?

Desculpe a melancolia. Pode ser o vinho falando. Mas não vou apagar, não. *In vino veritas*, diziam os antigos aqui do país.

A gente costumava falar em Deus nas nossas primeiras cartas, lembra? Por que paramos? A primeira possibilidade seria porque crescemos. Mas acho que na verdade é porque diminuímos. Mas tenho voltado a pensar nele. Vou te contar a razão.

Precisei fazer uma viagem de alguns dias a trabalho. Levei o Marcello. Reuniões em Firenze e Venezia. Duvido que em toda a América tenha um lugar como Venezia. Até eu que sou do sul tenho de reconhecer a improbabilidade daquele lugar. Faz você acreditar em Deus só de pisar lá. Meu *nonno* era quem sempre me falava sobre Deus. O assunto nunca empolgou minha mãe, ao menos não me lembro. Meu *nonno* sempre disse que ela mudou muito desde que meu pai sumiu na montanha peruana. Mas, voltando ao assunto: houve um momento em que eu e Marcello estávamos ali pela Piazza San Marco, em Veneza. Eu tinha acabado de tomar um *espresso*, cansado de um dia de reuniões. Marcello estava chegando para me encontrar e atravessou a *piazza* andando. Ele viu um dos muitos pombos no caminho. Marcello não tinha me visto ainda; eu estava sentado no café. Ele parou e tirou uma torrada que ele tinha na mochila. Parou e começou a alimentar o pombo. Logo, é claro, chegou uma multidão de pombos. Marcello se viu cercado e ria sozinho da enrascada aviária em que se encontrava. Eu ria, olhando e pensando em como amo esse moleque. Ele nem sabia que eu estava olhando. Eu estava. E amando-o como meu filho. E eu estava pronto a ir resgatá-lo dos pombos se precisasse. E ele não sabia. E eu ria gostosamente.

E eu pensei que talvez seja assim com Deus. Que ele nos observa e até ri gostosamente de algumas coisas que passamos. Mas está ali, de olho. Se precisar, ele vem. E ele tem satisfação em nos ver viver. Acho que entendi por que é que ele salvou a minha casa, mas não a sua na erupção de tantos anos atrás. Acho que ele sabia que eu e os meus não éramos fortes o suficiente para aguentar perder a casa. Já você e os seus, James, vocês eram fortes. E aquilo os fez ainda mais fortes. Ele sabe quando precisa intervir e afugentar pombos e quando só deixar e observar. Algo assim. Ainda estou desenvolvendo a ideia.

Eu tenho uma novidade, James. Vou a trabalho pela empresa aos Estados Unidos no final do mês que vem. Acho difícil eu conseguir esticar até o Havaí, mas fiquei pensando se você não consegue ir até Seattle para nos conhecermos pessoalmente. A parte final da viagem é pela costa oeste. Dizem que tem umas estradas bonitas por lá. Não acho que em seu país tenha Ferrari para alugar, mas vai que a gente consegue um Mustang?

Ciao, fratello. Um abraço comovido.
GAETANO GAROFALO,
Vulcão gera lava

LAHAINA, MAIO DE 2016

Aloha, Gaetano!

Me mande os detalhes, vou dar um jeito de ir a Seattle, sim! As finanças não estão folgadas, mas por essa oportunidade eu farei o esforço!

Fiquei muito pensativo sobre tudo o que você falou... Mas, já que estou planejando ir a Seattle, vou deixar para falar sobre isso tudo lá. Não tem jeito; tem coisas que tem de ser ditas pessoalmente.

Mahalo,

JAMES K.

Vulcão sem vulcoa

NÁPOLES, JUNHO DE 2016

Ciao, James!

Obrigado pelo esforço de ir até Seattle! Sei que não é perto nem barato! Foi muito bom te conhecer pessoalmente. Já são quantos anos que nos falamos? Embora eu soubesse que você é grande, você é realmente grande! Fico imaginando você jogando futebol! Eu ia querer ter você como meu colega de zaga! Aliás, acho que é isso que somos. Uma dupla de zaga que se entende perfeitamente e que não precisa ficar se falando constantemente. Há um entendimento tácito entre nós. Cannavaro e Materazzi! Depois pesquise quem são.

A gente precisa se ver de novo. Muito bom ver como você aprendeu a gostar de futebol. Foi um barato irmos ao jogo do Seattle Sounders. Confesso que tinha certo preconceito em relação ao futebol dos EUA, mas achei a torcida italianamente apaixonada. Gostei! Queria ir à Copa do Mundo na Rússia em 2018. Quem sabe você não vai também! Levo os filhotes e você conhece minha família.

Arrivederci!
GAETANO GAROFALO

LAHAINA, JUNHO DE 2016

Aloha, Gaetano!

Bom demais termos nos encontrado em Seattle. Foi ótimo passearmos juntos e recordarmos os anos e as histórias. Você é ainda menorzinho do que eu imaginava. Como conseguiu mesmo ser zagueiro? E não adianta ficar invocando o Cannavaro – duvido que você tivesse aquela impulsão toda.

Brincadeiras à parte, obrigado pelo convite. Foi ótimo. Te espero aqui nas ilhas para te mostrar o que é um lugar bonito de verdade!

Aloha,

JAMES K., *o rei de Maui*

VI

A partir de 2016, a correspondência entre Gaetano Garofalo e James Kahananui continuou esporadicamente entre notícias dos filhos e planos mais ou menos realistas de um novo encontro. Até 2022, quando tudo mudou de novo.

NÁPOLES, DEZEMBRO DE 2022

Ciao, James!

Como vai a vida nas ilhas? Mal dá para acreditar que já foram mais de seis anos desde que nos conhecemos pessoalmente.

Tem muitos meses que não nos falamos; espero que esteja bem. Fiquei muito feliz de saber de sua reaproximação com o Jack. Espero que sigam cada vez mais amigos. É como tenho me sentido com meus filhos: vão crescendo e se tornando amigos. É uma delícia.

Estou escrevendo enquanto assisto a *Squadra Azurra* jogar na Copa do Mundo no Catar. Lembra quando falamos de ir até a Rússia ver a Copa de 2018? Não deu certo, é claro. Brincamos com a ideia de ir até o Catar, e sequer movemos uma palha. Mas, olhando o clima, a torcida, e vendo a glória que é Gigi Donnarumma no gol, estou querendo demais ir até a Copa de 2026 na Austrália e Nova Zelândia. Vamos? Já quero começar a me planejar financeiramente. Giulia já autorizou. Vamos e levamos os filhos. Que tal? Seria um reencontro dez anos depois de nos conhecermos em Seattle.

Você vai adorar os meninos. Quem sabe o Jack não vai também? Além de vermos alguns jogos, faremos uma *road trip* atravessando as duas ilhas da Nova Zelândia. Aceita? Já fica mais aí para o seu lado do mundo, não deve ser muito caro.

Um abraço saudoso desde o país mais lindo do mundo,
GAETANO
Vulcão pura lava

LAHAINA, DEZEMBRO DE 2022

Aloha, Gaetano! Feliz Natal!

Gostei de sua ideia. Ainda faltam quatro anos e muito pode acontecer, mas a princípio aceito. Sempre fui de fazer planos mais em curto prazo, mas acho que vai ser uma bela forma de comemorar meus cinquenta anos. Vamos ver se o Jack topa ir. Já vou falar com o rapaz.

Obrigado pelo convite. Será que a Nova Zelândia vai resolver nosso debate sobre qual a parte mais bonita do mundo? Duvido que supere Kauai. Duvido. Nada supera Halawa Valley em Molokai. Se bem que aqui em Maui não é pouca beleza, não. Temos de pensar se vai haver tempo para isso tudo. Aquela conversa que tivemos logo depois de pegarmos café e irmos ver o Monte Rainier não me sai da cabeça há anos. Acho que você estava certo sobre Deus, sim. Mas a gente deixa essas ideias maturarem na cabeça por mais um anos e decide a questão indo ver esse tal Milford Sound. Acho que vai fazer sua amada Positano parecer uma vilazinha sem sal.

Your big friend,
JK
Vulcão pura lava, meu Deus

Esta é apenas uma amostra da extensa correspondência entre Gaetano Garofalo e James Kahananui. As comunicações entre James e Gaetano seguiram por muitos anos a mais, mas não são públicas, além desta última resposta de James. Espera-se que a partir desta pequena amostra, entenda-se melhor o que se passou em relação aos eventos da Copa de 2026. Ou, no mínimo, que se conheça mais dessas personalidades tão marcantes e relevantes à história do século 21. A coleção completa das mensagens, desde as primeiras cartas até as muitas mensagens eletrônicas, está disponível sob consulta junto à Câmara de Controle Cronológico da Organização das Nações Unidas (ONU). Algumas porções foram classificadas como Espetacularmente Confidenciais até 2150.

AGRADECIMENTOS

Agradeço aos muitos apoiadores que tive ao longo do projeto. Agradeço aos leitores que sempre me encorajaram e desafiaram.

Agradeço a toda a equipe da Pilgrim e da Thomas Nelson Brasil: Leo Santiago, Samuel Coto, Guilherme Cordeiro, Guilherme Lorenzetti, Tércio Garofalo e muitos mais. À Ana Paula Nunes que me deu a ideia de lançar um ano de histórias. Ao Anderson Junqueira pelo belíssimo projeto gráfico. À Ana Miriã Nunes pelas capas e ilustrações maravilhosas. Ao Leonardo Galdino, à Eliana e à Sara pelas revisões. À Anelise e Débora que por seu constante apoio fazem tudo ser mais fácil. Aos presbíteros e pastores da Igreja Presbiteriana Semear, por me apoiarem neste projeto.

Sempre há mais gente a agradecer do que a mente se lembra. Sempre um exercício prazeroso bem como doloroso.

Aos meus amigos de cartas, e-mails e milhares de grupos de WhatsApp. Agradeço ao Cleber Filomeno por me permitir usar o título sensacional que ele bolou. Vulcão pura lava, meus caros.

SOBRE O AUTOR

EMILIO GAROFALO NETO é pastor da Igreja Presbiteriana Semear, em Brasília (DF), e autor de *Isto é filtro solar: Eclesiastes e a vida debaixo do Sol* (Monergismo), *Redenção nos campos do Senhor: as boas-novas em Rute* (Monergismo), *Ester na casa da Pérsia: e a vida cristã no exílio secular* (Fiel), *Futebol é bom para o cristão: vestindo a camisa em honra a Deus* (Monergismo), além de numerosos artigos na área de teologia.

Emilio também é professor do Seminário Presbiteriano de Brasília e professor visitante em diversas instituições. Ele completou seu PhD no Reformed Theological Seminary, em Jackson (EUA), e também é mestre em teologia pelo Greenville Presbyterian Theological Seminary e graduado em Comunicação Social/Jornalismo pela Universidade de Brasília.

Emilio ama escrever. Já redigiu muitas cartas na vida e já recebeu tantas outras. Ama os lugares bonitos do mundo e espera um dia ser juiz numa competição de beleza entre Havaí e Costa Amalfitana, com tudo pago, para conhecer bem essas partes do globo. Imagina-se que um semestre em cada baste para uma avaliação cuidadosa.

Pilgrim

OUÇA A SÉRIE *UM ANO DE HISTÓRIAS* NARRADA PELO PRÓPRIO AUTOR!

Na Pilgrim você encontra a série *Um ano de histórias* e mais de 7.000 **audiobooks, e-books, cursos, palestras, resumos** e **artigos** que vão equipar você na sua jornada cristã.

Comece aqui

Copyright © Emilio Garofalo Neto.
Os pontos de vista dessa obra são de responsabilidade
dos autores e colaboradores diretos, não refletindo
necessariamente a posição da Pilgrim Serviços e
Aplicações ou de sua equipe editorial.

Revisão
Leonardo Galdino
Eliana Moura Mattos
Sara Faustino Moura

Capa e ilustrações
Ana Miriã Nunes

Diagramação e projeto gráfico
Anderson Junqueira

Edição
Guilherme Lorenzetti
Guilherme Cordeiro Pires

Dados Internacionais de Catalogação na Publicação (CIP)

G223v   Garofalo Neto, Emilio
1.ed.   Vulcão pura lava / Emilio Garofalo Neto.
           - 1.ed. – Rio de Janeiro : Thomas Nelson Brasil ;
           The Pilgrim : São Paulo, 2021.
           120 p.; il.; 11 x 15 cm.

           ISBN : 978-65-5689-419-5

           1. Cristianismo. 2. Contos brasileiros.
           3. Ficção brasileira. 4. Teologia cristã. 5. Vida cristã.
10-2021/93   CDD B869.3

Índice para catálogo sistemático:
Ficção cristã : Literatura brasileira   B869.3
Bibliotecária responsável: Aline Graziele Benitez CRB-1/3129

Todos os direitos reservados a
Pilgrim Serviços e Aplicações LTDA.
Alameda Santos, 1000, Andar 10, Sala 102-A
São Paulo — SP — CEP: 01418-100
www.thepilgrim.com.br

*Este livro foi impresso
pela Ipsis, em 2021, para a
HarperCollins Brasil.
O papel do miolo é pólen
bold 90g/m² e o da capa é
cartão 250g/m²*